PAR

MAURICE LEVALLOIS

Illustrations de **G. COUTAN**

Préface de L. ALBIN

Prix : 1 franc

EN VENTE :
AUX BUREAUX DE *LA LANTERNE DE BOQUILLON*
PASSAGE SAULNIER, 11, PARIS.

LES CHANSONS

D'AUJOURD'HUI

PARIS

LABBE, IMPRIMEUR

7, RUE BLEUE, 7

CHANSONS d'Aujourd'hui

PAR

MAURICE LEVALLOIS

Illustrations de **G. COUTAN**

Préface de L. ALBIN

Prix : 1 franc

EN VENTE :
AUX BUREAUX DE *LA LANTERNE DE BOQUILLON*
PASSAGE SAULNIER, 11, PARIS.

PRÉFACE

Une préface, mon cher Maurice ?

Et pourquoi faire, *bone Deus ?*

Est-ce que votre joyeux livre, si bien français, si robustement gaulois, a besoin d'être présenté ?

J'estime, en ma modeste jugeotte, qu'il est de taille à se bien présenter tout seul.

Enfin, puisque vous le voulez, je préface, mon ami, je préface !

Or çà, mesdames et messieurs, — sans oublier les gentes demoiselles — compagnons et compagnonnes de France, de Navarre, de Montmartre, de Pantin, du Tonkin, de partout, et même d'ailleurs, j'ai l'honneur grand de vous inviter à lire, à lire et à rire à gorge déployée — ceci pour vous, Françaises ! — et à ventre déboutonné — à toi, sexe fort ! — les chansons moult épastrouillantes que vous trouverez en tournant la page.

Les temps sont noirs ; il y a du brouillard partout et la vilaine politique, ce laideron, poursuit chacun de ses baisers délétères. On ne boit plus, on n'aime plus, on ne rit plus !

Triste, mes frères !

Navrant, mes sœurs !

Et les yeux se lèvent pour fouiller le ciel sombre et y trouver l'étoile aux irradiantes pointes de laquelle les mélancholieux pourront accrocher l'oubli, la joie, le bon-vivre, l'espérance.

Cette étoile, la voici !

C'est la Chanson !

La Chanson qui déride les fronts soucieux, égaie la mansarde, illumine l'atelier, et jette sur les malheureux et les souffrants de la vie, l'ineffable rayonnement de sa gaîté et de sa bienfaisante philosophie.

La Chanson, c'est la route tracée à la montée de

l'esprit vers l'Idéal ; c'est le dictame suprême des torturés de l'existence; c'est la fenêtre ouverte sur le Ciel pour les damnés qui se tordent dans l'Enfer.

Si la Chanson avait existé de son temps, Dante n'eût pas écrit sur la porte noire : *Laissez ici toute espérance.*

Lancez rapidement votre petit livre, mon ami ! Avec ses rimes joyeusement libres au bout desquelles tintinnabulent les grelots d'or de la vieille gaîté française, avec les éclats de rire largement sonores qui sortent des flancs rebondis de la strophe, engrossée par Rabelais, il ira loin, il ira haut.

Vous me l'avez dit, d'ailleurs ! « Que mon œuvre modeste donne un instant de répit, sur le calvaire social, à un malheureux, à une désolée, et je serai largement payé de ma peine ! »

Pour cette bonne parole, vous aurez le succès. Les éprouvés vous liront et vous chanteront pour dérober une heure au chagrin, et les heureux vous chanteront et vous liront pour augmenter leur somme de jouissances.

Tout est bien qui va bien.

A votre âge, Béranger était si peu mort, comme dirait Prudhomme modernisé, qu'il n'existait pas encore.

Vous, vous êtes bien vivant.

Donc, riez et faites rire, chantez et faites chanter !

Et si, pour ouvrir les voies plus larges à votre jeunesse toute vibrante d'énergie et de gaîté, il ne faut que ma bénédiction, c'est-à-dire ma préface,

une, deusse, troisse,

vous l'avez !

Avec toutes mes sympathies.

LOUIS ALBIN.

A LA CHANSON

SONNET

Petite chanson, vole, vole,
Déride les fronts soucieux
Et, poursuivant ta course folle,
Fais briller la joie en nos yeux.

Raille sous ta forme frivole
Les abus des ambitieux,
Et que ton gai refrain console
Dans leur taudis les malheureux !

Ce livre, je vous le dédie,
A vous qui luttez pour la vie :
Mon but sera réalisé,

Pourvu que par ses quelques charmes
Ma gaîté donne la gaîté,
Que mon rire sèche les larmes.

LE THÉATRE-LIBRE

(Air : *A. E. I. O. U.*)

Un soir que j'passais par là,
E . I . A .
Au Théâtr'-Libre j'allai ;
A . I . E .
J'y vis eun'chouett' tragédi'
A . E . I .
Que j'vais vous conter presto ;
E . I . O .
V'là ce qu'à c'théâtr' j'ai vu.
A . E . I . O . U .

Avec son amant entra
E . I . A .
Un premier prix d'chasteté
A . I . E .
Qui dit alors à c'lui-ci :
A . E . I .
« Viens faire un somm' dans l'dodo. »
E . I . O .
L'mari s'amèn' par là-d'ssus.
A . E . I . O . U .

Il leur demand' c'qu'ils font là,
E . I . A .
Qu'est-c' qu'ils ont donc à ronfler ?
A . I . E .
En reconnaissant l'mari,
A . E . I .
L'amant remit son pal'tot,
E . I . O .
Puis a de suit' répondu :
A . E . I . O . U .

« J' n'achèt' pas du Panama.
E . I . A .
« Pour ça faut t'tranquilliser ;
A . I . E .
« A madam' j'démontre ici
A . E . I .
« Comment ell' peut in petto
E . I . O .
« Faire son mari cocu. »
A . E . I . O . U .

L'époux en resta baba
E . I . A .
Et d'l'amant voulut s'venger.
A . I . E .
Suivant les trac's d'Pranzini,
A . E . I .
Le malheureux, comm' Prado,
E . I . O .
L'axphyxie en soufflant d'ssus.
A . E . I . O . U .

Puis, sans pousser un seul : ah !
E . I . A .
L'amant tomb' mort sur l'plancher ;
A . I . E .
La femm', voyant qu'à son p'tit
A . E . I .
Son mari f'sait du bobo,
E . I . O .
Lui flanqu' son pied dans... l'tutu.
A . E . I . O . U .

L'coup lui perfor' l'estomac ;
E . I . A .
A son tour l'époux est tué,
A . I . E .
Puis la dame se tue aussi
A . E . I .
En s'donnant un coup d'couteau,
E . I . O .
Comme au théâtr' d'l'Ambigu.
A . E . I . O . U .

Cette pièce finit là :
E . I . A .
Je m'y suis bien amusé ;
A . I . E .
Enfin j'vous dis : Allez-y !
A . E . I .
Même n'ayant rien sur l'dos,
E . I . O .
Vous rirez comm' des bossus.
A . E . I . O . U .

LE GOUVERNEMENT EN VOYAGE

(Air : *Les Pioupious d'Auvergne.*)

L'Président Sadi
N'est vraiment pas moule :
« Il faut, qu'il *s'a dit*,
« M'montrer à la foule ;
« Comm' j'suis pas un veau,
« Pour m'payer un' cuite,
« A Cherbourg j'vais d'suite
« Faire un' partie d'*Carnot.* »

Quand le Président partit en voyage,
La canne à la main,
Avec son larbin,
Il avait seulement pour tout bagage
L'esprit plein d'laïus,
Les poch's bourrées de prospectus.

Puis il annonça
A chaque minisse
Qui se trouvait là
Cett' nouvell' propice.
Mais l'amiral Krantz
Dit : « N'faut pas, ma vieille.
« M'la faire à l'oseille :
« J'te lâch' pas d'un *cran...tz*. »
Quand les ministres partir'nt en voyage,
Etc., etc.

A peine arrivés
Voilà qu'on rigole ·
C'n'est qu'speechs et dîners,
Chacun se gondole.
Si bien que Floquet,
L'habit en désordre,
Dit : « A forc' de m'tordre,
« J'en ai le *Fl...hoquet !* »
Quand les ministres partir'nt en voyage,
Etc., etc.

Jusqu'à Boulanger
Qui s'paie un' balade :
Il espèr' s'tirer
De sa p'tit' panade.
A Hambourg, c'te fois,
Il s'tir' des guiboles,
Et c'roi des pât's molles
En r'vint *en bourgeois.*

Quand l'brav' *général* revint de voyage,
La canne à la main,
Avec son larbin,
A la gar' personn' ne fit d'tapage.
Malgré ses laïus
Et malgré tous ses prospectus.

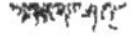

M'SIEU FLOQUET ET SA CONSCIENCE

(Air : *Mam'zelle, écoutez-moi donc !*)

LA CONSCIENCE DE M'SIEU FLOQUET.

M'sieu Floquet, écoutez-moi donc,
J'crois bien qu'vous nous la faites à l'oseille !
M'sieu Floquet, écoutez-moi donc,
J'crois qu'vous nous la fait's aux petits oignons !

M'SIEU FLOQUET.

Non, mam'zelle, je n'vous écout' pas,
Je m'suis fourré du coton dans l'oreille;
Non, mam'zelle, je n'vous écout' pas,
De vos sermons je n'fais aucun cas.

LA CONSCIENCE.

M'sieu Floquet, écoutez-moi donc,
Quand tiendrez-vous enfin votre promesse?
M'sieu Floquet, écoutez-moi donc,
Quand nous donnerez-vous la Révision?

M'SIEU FLOQUET.

Non, mam'zelle, je n'vous écoute pas,
Ceux qui tienn'nt parol' n'sont pas d'mon espèce;
Non, mam'zelle, je n'vous écoute pas:
La Révision, c'est bon pour les goujats!

LA CONSCIENCE.

M'sieu Floquet, écoutez-moi donc,
De ministr' lâchez donc votre fauteuil;
M'sieu Floquet, écoutez-moi donc,
Un bon mouv'ment, donnez votr' démission.

M'SIEU FLOQUET.

Non, mam'zelle, je n'vous écoute pas,
Êtr' ministre, ça, j'm'en bats rud'ment l'œil!
Non, mam'zelle, je n'vous écoute pas,
Car de dir' des blagu's, je fais beaucoup de cas.

LA CONSCIENCE.

M'sieu Floquet, écoutez-moi donc,
C'est épatant comm' vous d'venez bavard!
M'sieu Floquet, écoutez-moi donc,
Quel est votre maîtr' de déclamation?

M'SIEU FLOQUET.

Non, mam'zelle, je n'vous écoute pas,
J'ai la voix moins haut' que cell' d'Abélard;
Non, mam'zelle, je n'vous écoute pas,
J'peux fair', si ça m'plaît, du galimatias.

LA CONSCIENCE.

M'sieu Floquet, écoutez-moi donc!
Vous s'rez sur la tour Eiffel à votr' mort;
M'sieu Floquet, écoutez-moi donc,
Vous y s'rez plus haut que Napoléon!

M'SIEU FLOQUET.

Non, mam'zelle, je n'vous écoute pas,
Je veux que de moi l'on dis' : L'art en sort!
Non, mam'zelle, je n'vous écoute pas,
Si j'protèg' les arts, ça vous r'garde pas.

LA CONSCIENCE.

M'sieu Floquet, écoutez-moi donc!
J'crois qu'pour les financ's, ça ne va pas fort?

M'SIEU FLOQUET.

D'puis deux heur's j'discute avec vous, crénom!
Et j'n'ai pas d'conscienc' seul'ment pour un rond.

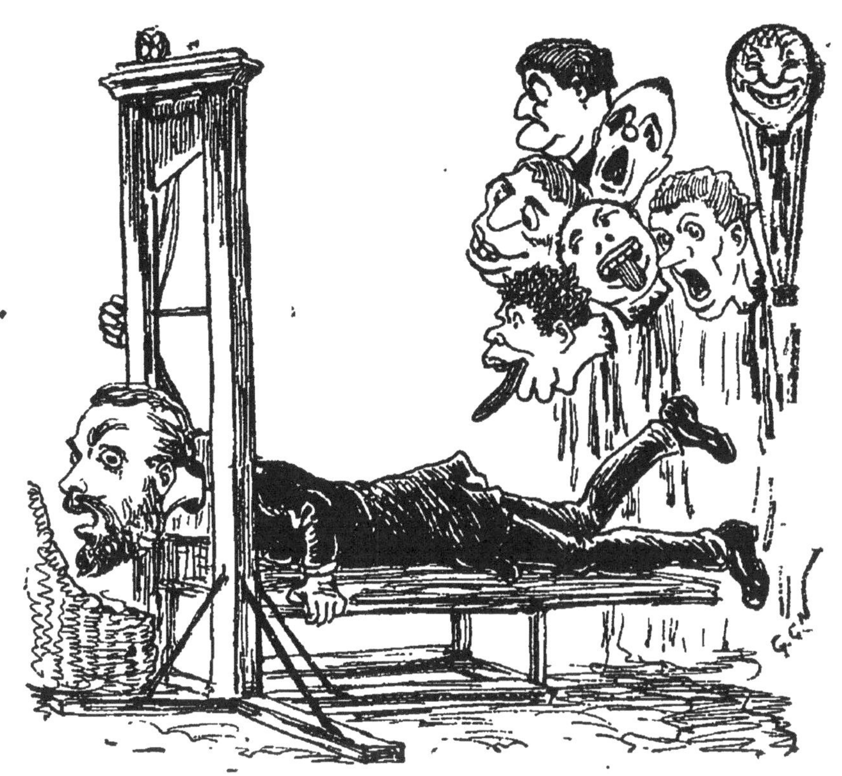

LA GRÈVE DE MONSIEUR DEIBLER

(Air : *Le Bureau de placement.*)

Monsieur Deibler, tous les matins,
Se dit en se frottant les mains :
« — Je vais donc voir si l'échafaud
« Fonctionne comme il faut. »

Mais v'là tout à coup qu'il apprend
Qu'les jug's n'veul'nt pas qu'justic' s'achève :

Pour l'assassin s'mettant en grève,
Ils l'gracient au dernier moment.

On prévient Deibler un matin
Qu'un condamné touche à sa fin.
« — Voyons, dit-il, si l'échafaud
« Fonctionn'ra comme il faut. »

Mais v'là tout à coup qu'il apprend
Qu'les jug's n'veul'nt pas qu'justic' s'achève :
Pour l'assassin s'mettant en grève,
Ils l'gracient au dernier moment.

« — Moi qui comptais m'faire un cal'pin
« Avec la peau de l'assassin!
« J'aurais au moins fait l'échafaud
« Fonctionner comme il faut.

« Mais chaque fois v'là qu'on m'apprend
« Qu'les jug's n'veul'nt pas qu'justic' s'achève:
« Pour l'assassin s'mettant en grève,
« Ils l'gracient au dernier moment. »

Ayant ouï dire un beau matin
Qu'il n'y avait plus d'assassin,
Deibler monta sur l'échafaud
Et se tua comme il faut.

Et le soir tout le monde apprend
Que la justic' n'est pas un rêve
Et qu'Deibler, pour n'pas s'mettre en grève,
S'coupa l'cou au dernier moment.

LA MANIFESTATION BAUDIN

(Air : *En Revenant de la Revue.*)

Pour fair' prendr' l'air à ma famille,
Je fis l'projet, dimanch' matin,
D'montrer à ma femme, à ma fille,
La manifestation Baudin.
Pour la somme d'un franc cinquante,
On mang' d'un' façon succulente,
Puis dans un fiacre nous grimpons
Pour rejoindr' les corporations.

Aussitôt arrivés,
On s'met à dévisser
Et chacun chante sans retard.
Moi, j'entonn' le *Chant du... Départ;*
Les Bord'lais, comm' des daims,
Chantent les *Girondins;*
Les poissard's aussitôt
Chant'nt la *Fill' de la mère Angot.*
Gais et contents,
Tous les manifestants
Rigolaient tout le temps,
Le cœur à l'aise ;
Sans hésiter,
On s'en payait d'crier !
Fallait voir c' défilé :
C'était rien chouette !

Enfin, après deux heur's de route,
On arriv' boul'vard Rochechouart,
Et de casser un' petit' croûte
On s'préoccup' sans retard.
Pour fêter les anniversaires,
J'entre aux Frit's Révolutionnaires :
Monsieur Lisbonne, un brav' copain,
Nous offr' des frit's avec du pain.
Je bois un peu d'pommard
En l'honneur d'Rochechouart,

Je siffle du bon vin clairet
A la santé de m'sieu Floquet,
J'avale du clicquot
En l'honneur de Carnot,
J'dégust' du chambertin
Pour fêter l'citoyen Baudin.
Gais et contents,
Etc., etc.

Enfin, arrivés au cim'tière,
Darlot sort d'sa poch' de côté
Un laïus qu'il lit d'un' voix claire
Sur l'Défenseur d'la liberté.
Quand un mitron crie : Viv' Boulange !
Je sens mon pied qui me démange ;
Je lui dis : — « Mon vieux, gar' là-d'ssous !
Rends vit' ta pièc' de quarant' sous. »

Alors les combattants
Se rangent en deux camps :
Ma femm' reçoit un coup d'battoir
Qui lui flanque l'œil au beurr' noir :
Ma fille attrap', pétard !
Un coup d'pied quelque part.
Et moi j'reçois un gnon
Qui m'met en marm'lad' le trognon !
Gais et contents,
Etc., etc.

LE PETIT GUILLAUME

(Air : *Il était un petit homme.*)

Il était un p'tit homme
Qui faisait le malin
    Dans Berlin ;
Il s'appelait Guillaume
Et n'avait pour tout bras
    Qu'un moignon
Long comme un trognon ;
Pour l'oreill', crénom !

L'un' sourd', l'autr' n'entend pas.
Pour un beau gars (*bis*), pour sûr c'est un beau [gars !

Comme à la mécanique,
Ils marchent, ses soldats,
Tous au pas ;
Il les mène à la trique
Et tape à tour de bras
Sur le dos
De tous ses Pruscos
Qui s'laiss'nt comm' des veaux
Rosser, ces gros bêtas.
Pour un fort gars (*bis*), pour sûr c'est un fort gars !

Chaque an, il fait un gosse,
C'est raid' comme sa femm' pond,
Nom de nom !
Il s'figur' qu'on nous rosse
A mettre toujours bas
Un moutard ;
Il se met, pétard !
L'doigt dans l'coquillard
S'il croit battr' nos soldats.
Pour un rud' gars (*bis*), pour sûr c'est un rud' gars !

LE PHARMACIEN POLITIQUE

(Air : *Le Placier.*)

Le pharmacien l'on me surnomme,
Parc' que je mets tout l'monde dedans ;
Les plus blagueurs je les dégomme,
Même les arracheurs de dents ;
Aux gogos, aux vieilles badernes
J'fais, grâce à mes discours trompeurs,
Prendr' des vessi's pour des lanternes :
J'dor' la pilule aux électeurs.

REFRAIN

Mes opinions sont d'tous les goûts :
J'en ai pour, contr', mêm' pas du tout.
Mes promess's, je n'fais qu'm'en moquer,
Pourvu que l'on m'nomm' député.

(*Bis.*)

Je tâch' de fair' mes p'tit's affaires,
J'soutiens mêm' le gouvernement ;
J'vot' pour les bataillons scolaires
Et pour l'scrutin d'arrondiss'ment.
Car je n'tiens pas à fair' ma poire,
Et le scrutin m'est bien égal :
Arrondir ma bourse, on peut l'croire,
C'est l'arrondiss'ment principal.

REFRAIN

Mes opinions sont d'tous les goûts :
J'en ai pour, contr', mêm' pas du tout.
Mes promess's, je n'fais qu'm'en moquer,
Pourvu que l'on m'nomm' député.

(*Bis.*)

Que j'sois député d'la Charente,
Que je sois député du Nord,
Que c'soit dans l'Sud que je m'présente
Ou que dans l'Est m'élis' le sort :
Si c'est dans le Nord qu'on me nomme,
Je les fais suer, qu'c'en est inouï,
Si c'est l'Sud qui me donn' la pomme,
J'leur montr' la lune en plein... midi.

REFRAIN

Mes opinions sont d'tous les goûts :
J'en ai pour, contr', mêm' pas du tout.
Mes promess's, je n'fais qu'm'en moquer,
Pourvu que l'on m'nomm' député.

(*Bis.*)

LETTRE DE SIMONE A BOQUILLON

(Air : *La digue digue don.*)

J't'écris, mon p'tit Boquillon,
La digue digue digue, la digue digue don,
Pour t'dir' sur l'air d' la chanson
La digue digue digue, la digue digue don,
Qu'j'ai manqué m'mettre dans la peine
La briguedondaine,
Avec un jeune Ostrogoth
D'Purgerot,
D'Purgerot.

J'rencontre un jour c'pauv' garçon
La digue digue digue, la digue digue don,
D'Cadet Routiou l'cornichon,
La digue digue digue, la digue digue don,
Qui dit en m'voyant : « Quell' veine
« La briguedondaine,
« D'voir un minois si joli,
« Sapristi,
« Sapristi !

« Mam'zelle, écoutez-moi donc,
« La digue digue digue, la digue digue don,
« J'suis envoyé d'Cupidon,
« La digue digue digue, la digue digue don,
« La bell', profitez d'l'aubaine,
« La briguedondaine,
Laissez-moi vous embrasser,
« S. V. P.,
« S. V. P. !

« Lâchez donc vot' Boquillon,
« La digue digue digue, la digue digue don,
« Avec son drôl' de piton,
« La digue digue digue, la digue digue don,
« Il est fait comme un' baleine,
« La briguedondaine,
« Il a comme un édredon
« Dans l'bedon,
« Dans l'bedon.

« V'nez avec moi, mon trognon,
« La digue digue digue, la digue digue don,
« Nous danserons l'rigodon,
« La digue digue digue, la digue digue don;
« Ça, c'est très bon pour l'hygiène,
« La briguedondaine,
« Et ça guérit bien souvent
« Des maux d'dents,
« Des maux d'dents.

« Cédez à la tentation,
« La digue digue digue, la digue digue don,
« Et vous f'rez un' bonne action,
« La digue digue digue, la digue digue don :
« Voulez-vous que j'vous apprenne
« La briguedondaine,
« Comment les mioch's naiss'nt chez nous
« Sous un chou,
« Sous un chou ? »

« — Je vous préviens, mon garçon,
« La digue digue digue, la digue digue don.
« Que j'vais vous enl'ver l'ballon,
« La digue digue digue, la digue digue don ;
« Lâchez-moi ma p'tite bedaine,
« La briguedondaine,
« Ou sinon, j'le dis, oui-da !
« A papa,
« A papa. »

Mais l'insolent me répond,
La digue digue digue, la digue digue dòn :
« Il n'faut pas fair' tant d'façon,
« La digue digue digue, la digue digue don,
« C'n'est pas la pein' que je m'gêne,
« La briguedondaine,
« Allons, n'la fait's pas c'te fois
« .Aux p'tits pois,
« Aux p'tits pois. »

« — R'gardez-moi c't'extràit d'puc'ron,
« La digue digue digue, la digue digue don,
« Etr' déjà si polisson,
« La digue digue digue, la digue digue don,
« Je n'pos' pas pour la sirène,
« La briguedondaine,
« Mais tu n'm'auras pas, mon p'tiot.
« De sitôt,
« De sitôt.

« Finis, Cadet, ou sinon,
« La digue digue digue, la digue digue don,
« Sur le nez j't'allonge un gnon,
« La digue digue digue, la digue digue don.
Il poursuit avec sans-gêne,
La briguedondaine,
Et j'lui flanqu' mon poing, presto,
D'ssus l'museau,
D'ssus l'museau.

Enfin, au r'voir, mon pigeon,
La digue digue digue, la digue digue don,
J't'envoi' comm' compensation,
La digue digue digue, la digue digue don,
Des baisers à la douzaine,
La briguedondaine,
J's'rai toujours soumis', tu sais,
A tes souhaits,
A tes souhaits.

RÉPONSE DE BOQUILLON A SIMONE

(Air du *Bi du bout du banc.*)

J'ai r'çu ta lettre au régiment
Sur le bi, sur le banc, sur le bi du bout du banc
Et je te réponds sur-le-champ
Sur le bi, sur le banc, sur le bi du bout du banc.

Pour t'prouver qu'j'suis pas un feignant
Sur le bi, sur le banc, sur le bi du bout du banc
Et que j'suis toujours bon enfant
Sur le bi, sur le banc, sur le bi du bout du banc,

En apprenant ton accident
Sur le bi, sur le banc, sur le bi du bout du banc,
J'en suis tombé d'épastrouill'ment
Sur le bi, sur le banc, sur le bi du bout du banc;

Et j'ai, tant j't'aime évidemment
Sur le bi, sur le banc, sur le bi du bout du banc,
Pleuré comme un veau tout bonn'ment
Sur le bi, sur le banc, sur le bi du bout du banc.

Ça va beaucoup mieux maintenant
Sur le bi, sur le banc, sur le bi du bout du banc
Qu'j'sais qu't'es pas dans l'embistrouill'ment
Sur le bi, sur le banc, sur le bi du bout du banc.

Dis àRoution tout doucett'ment
Sur le bi, sur le banc, sur le bi du bout du banc
Que si j'le rencontre en m'promenant
Sur le bi, sur le banc, sur le bi du bout du banc,

J'lui mets mon pied postérieur'ment
Sur le bi, sur le banc, sur le bi du bout du banc
Pour lui servir d'rafraîchiss'ment
Sur le bi, sur le banc, sur le bi du bout du banc,

Sur ce, ma Simone, en t'quittant
Sur le bi, sur le banc, sur le bi du bout du banc,
J'embrasse tes lèvres délicat'ment
Sur le bi, sur le banc, sur le bi du bout du banc;

Pense à ton Boquillon absent
Sur le bi, sur le banc, sur le bi du bout du banc
Qui pour toi s'morfond d'soupir'ment
Sur le bi, sur le banc, sur le bi du bout du banc

Et qui espère, un jour pourtant,
Sur le bi, sur le banc, sur le bi du bout du banc
T'combler d'un' rabeutlée d'enfants
Sur le bi, sur le banc, sur le bi du bout du banc.

Quant à vous, mes lecteurs charmants,
Sur le bi, sur le banc, sur le bi du bout du banc
Pour me remercier gentiment,
Sur le bi, sur le banc, sur le bi du bout du banc,

Prenez un petit abonnement
Sur le bi, sur le banc, sur le bi du bout du banc
A ma *Lanterne* et j'serai content (1)
Sur le bi, sur le banc, sur le bi du bout du banc.

(1) Cette chanson et celle qui précède ont paru dans l'*Almanach de Boquillon :* c'est ce qui explique ces deux derniers couplets.

EIFFEL ET SA TOUR

(AIR : *Malbrough s'en va-t-en guerre.*)

Eiffel monte à sa tour,
Mironton, tonton, mirontaine,
Eiffel monte à sa tour,
Qui sait quand il r'viendra (*bis*) ?

Il r'descendra à... *pattes*,
Mironton, tonton, mirontaine,
Il r'descendra à... *pattes*,
Ou pour l'Exposition (*bis*).

L'Exposition se passe,
Mironton, tonton, mirontaine,
L'Exposition se passe,
Eiffel ne r'descend pas (*bis*).

La tour était si haute,
Mironton, tonton, mirontaine,
La tour était si haute,
Qu'fallait pour y monter (*bis*)

A peu près un d'mi-siècle,
Mironton, tonton, mirontaine,
A peu près un d'mi-siècle,
Un d'mi-siècl' d'cinquante ans (*bis*).

Enfin l'on se décide,
Mironton, tonton, mirontaine,
Enfin l'on se décide
A l'aller rechercher (*bis*).

En haut n'y avait personne,
Mironton, tonton, mirontaine,
En haut n'y avait personne :
Eiffel n'y était plus (*bis*).

Avant d'atteindr' le faîte,
Mironton, tonton, mirontaine,
Avant d'atteindr' le faîte,
Il était déjà mort (*bis*).

De vieillesse..... avancée,
Mironton, tonton, mirontaine,
De vieillesse.... avancée,
Il s'en était allé (*bis*).

A moins qu'sa tour elle-même,
Mironton, tonton, mirontaine,
A moins qu'sa tour elle-même,
Pour lui faire un p'tit tour (*bis*),

L'eût d'un simpl' tour de main,
Mironton, tonton, mirontaine,
L'eût d'un simpl' tour de main,
Du coup escamoté (*bis*).

NOS DÉPUTÉS

(Air : *En Revenant de la Revue.*)

Au bout du pont de la Concorde
Se trouv' la Chambr' des députés,
Mais malgré ça rien n'y concorde
Et l'on n'y fait qu's'y disputer :
On s'lanc' des injur's à la tête
(Encor quand il n'y a qu'ça qu'on s'jette),
On s'appell' de doux noms d'oiseaux
Comme imbécil's, idiots, chameaux.
Sans savoir ce qu'ell' veut,
La Droite, tant qu'ell' peut,

Sur la Gauche tap' chaque jour
Et celle-ci cogne à son tour
Sur l'Centr' qui n'en peut mais
Et qui n'ripost' jamais.
Pour c'qu'on paie ces brav's gens,
Ils s'en donn'nt bien pour vingt-cinq francs.

Gais et contents,
Ils se disput'nt tout l'temps
Et tâch'nt de s'fourrer d'dans,
Le cœur à l'aise ;
Sans hésiter,
Faut les voir s'chamailler
Tous ces tas d'députés
D'la Chambr' française.

Ces jours derniers, en plein' séance,
Messieurs Maurel et Clémenceau,
Au lieu de s'occuper d'la France,
S'mir'nt à se dir' plus d'un gros mot ;
Excités par les cris d'la foule,
Ils s'échauffent tous deux la boule,
L'un dit : — « Vous êtes un menteur ! »
L'autre lui répond : — « Et ta sœur ? »
Quand fallut sur l'terrain
Aller s'flanquer un pain,
Chacun ayant auparavant

Fait un bon petit testament.
Clémenceau fut piqué
Presque pas au côté.
Là-dessus, c'fut parfait :
On trouva l'honneur satisfait.

Gais et contents,
Les deux brav's combattants
Ferraillaient tout le temps,
Le cœur à l'aise ;
Sans hésiter,
Fallait les voir s'pocher,
Ces deux grands députés
D'la Chambr' française.

Un autre jour on s'flanque un' gifle,
On crie, on fait un vrai chambard ;
Quand un orateur parle, on siffle,
Et si quelqu'un fait du... pétard :
« — Messieurs, s'écrie alors Laroze,
» Tout cela ne sent pas... la rose ;
» Avec d'eau d'Cologne un flacon,
» Je m'en vais m'frictionner l'trognon. »
Au lieu de fair' des lois
Et de se tenir cois,
Pendant la séance, au buffet,
Ils dégustent du vin clairet ;

Ils fum'nt du bon tabac
Et s'rempliss'nt l'estomac,
Au lieu d'remplir, d'ailleurs,
Ce qu'ils promett'nt à leurs électeurs.

Gais et contents,
Ils mangent tout le temps
Et s'en fourrent dedans,
Le cœur à l'aise;
Sans hésiter,
Il faut les voir bouffer,
Tous ces tas d'députés
D'la Chambr' française.

PRADO ET DEIBLER

LA VEILLE DE L'EXÉCUTION

(Air : *Mam'zelle, écoutez-moi donc!*)

PRADO.

M'sieu Deibler, écoutez-moi donc,
C'est donc demain que je pass' l'arme à gauche,
M'sieu Deibler, écoutez-moi donc,
Retardez un peu l'jour d'l'exécution.

DEIBLER.

Non, monsieur, je n'vous écoute pas,
Pour s'fouiller on met sa main dans sa poche,
Non, monsieur, je n'vous écoute pas,
C'est si vite fait qu'on ne le sent pas.

PRADO.

M'sieu Deibler, écoutez-moi donc,
N'faut pas vous gêner si ça vous dérange,
M'sieu Deibler, écoutez-moi donc,
Vous savez, entre nous c'est sans façon.

DEIBLER.

Non, monsieur, je n'vous écoute pas,
N'ayez craint', j'ai pris un' lam' de rechange,
Non, monsieur, je n'vous écoute pas,
J'ai pris avec moi l'meilleur d'mes cout'las.

PRADO.

M'sieu Deibler, écoutez-moi donc,
Je crois que je vais d'venir honnête homme,
M'sieu Deibler, écoutez-moi donc,
Je sens que maint'nant j'ai la vocation.

DEIBLER.

Non, monsieur, je n'vous écoute pas,
Vous vous moquez d'la vertu comm' d'un' pomme,

Non, monsieur, je n'vous écoute pas,
V'là c'que c'est que d'se fich' des avocats.

PRADO.

M'sieu Deibler, écoutez-moi donc,
J'aim'rais mieux votr' plac' que cell'... d'la Roquette,
M'sieu Deibler, écoutez-moi donc,
Si vous me sauvez, j'vous pass' du poignon.

DEIBLER.

Non, monsieur, je n'vous écoute pas,
Je ne fréquent' pas l'Moulin d'la... galette,
Non, monsieur, je n'vous écoute pas,
Si j'coup' les têt's, pour les blagu's j'n'y coup' pas.

PRADO.

M'sieu Deibler, écoutez-moi donc,
Vous m'f'rez un enterr'ment de premièr' classe,
M'sieu Deibler, écoutez-moi donc,
J'espère qu'on m'mettra bien au Panthéon.

DEIBLER.

Non, monsieur, je n'vous écoute pas,
Quand vous y pass'rez, vous f'rez la grimace ;
Non, monsieur, je n'vous écoute pas,
Vous n'f'rez pas l'malin, ni tant d'embarras.

PRADO.

M'sieu Deibler, écoutez-moi donc,
On va me couper l'cou pour mes étrennes ;
M'sieu Deibler, écoutez-moi donc,
Est-c' qu'au moins j'pourrai faire réveillon ?

DEIBLER.

Non, monsieur, je n'vous écoute pas,
J'avoue qu'pour le jour de l'an c'n'est pas d'veine ;
Non, monsieur, je n'vous écoute pas,
Vous irez Là-Haut fair' vos entrechats.

PRADO.

M'sieu Deibler, écoutez-moi donc,
J'suis encor bien jeun' pour perdre la tête...

DEIBLER.

Avant d'main n'perds pas la têt', nom de nom !
Car faudrait alors t'mettre à Charenton.

LES POGNONNISTES

(Air a composer.)

Y en a qui font des métiers d'chien,
Qui crient des journaux dans la rue,
Qui vend'nt de la machin' qui pue,
Et y en a mêm' qui ne font rien.
Ça crèv' de faim, tous ces fumistes,
Tandis que je fais, sacrédié!
Moi, le plus épatant métier :
J'suis pognonniste!

J'aurais fait des métiers rupins,
Mais le travail, ça déshonore.
Tenez! on m'offre hier encore
Un' plac' de marchand d'peaux d'lapins.
Mon pèr' voulait m'fair' bandagiste;
Aussi, quand il v'nait m'embêter,
J'lui répondais : — Tu peux t'taper,
J's'rai pognonniste!

La politiqu', c'est d'la sal'té,
Et jusqu'à celle de Boulange
Qui répand un parfum d'vidange...
Et c'pendant faut bien y goûter.
Aujourd'hui je suis boulangiste;
Hier, j'étais républicain;
Je n'sais pas trop ce que j's'rai d'main :
J'suis pognonniste!

On renvers' le gouvernement,
Et chaque jour l'on flanqu' par terre
Tous ces clampins du ministère;
C'est pas pour dir', c'est dégoûtant.
A tout ça moi seul je résiste;
Car tout l'mond', mêm' le badingouin,
De Bibi a toujours besoin...
J'suis pognonniste!

LE SERGENT DE VILLE

(Air : *A. E. I. O. U.*)

J'suis, quoiqu'on ne s'en dout' pas,
E . I . A .
L'gardien d'la tranquillité,
A . I . E .
J'empêch' les chiens d'fair' pipi,
A . E . I .
Je pinc' les joueurs de bonn'teau,
E . I . O .
Je coffr' les gens mal vêtus,
A . E . I . O . U .

Quand j'vois un voleur, oui-da !
E . I . A .
Au lieu d'aller l'arrêter,
A . I . E .
Pour ne pas m'causer d'ennuis,
A . E . I .
De suit' je tourne le dos,
E . I . O .
Comm' si je n'avais rien vu...
A . E . I . O . U .

Si l'on m'dit : Y a bagarr' là,
E . I . A .
Je ne vais pas m'en mêler,
A . I . E .
Car souvent maman m'a dit :
A . E . I .
« Faut prendre garde à ta peau ! »
E . I . O .
Je m'en suis toujours souv'nu,
A . E . I . O . U .

Lorsqu'un pochard tomb' par là,
E . I . A .
Je m'dépêch' de le rentrer,
A . I . E .

Pensant qu'à son tour aussi
A . E . I .
Il m'mettra dans mon dodo,
E . I . O .
Les soirs où j'aurai trop bu,
A . E . I . O . U . .

Même s'il n'y a pas un chat,
E . I . A .
Je prends un air occupé,
A . I . E .
Par hasard je d'viens poli,
A . E . I .
Et f'sant du zèle subito,
E . I . O .
J'fais circuler dans la rue,
A . E . I . O . U ,

LE NEZ DE FERRY

(Air du *Pied qui remue.*)

Tout l'mond' me d'mand' qui m'a donné (*bis*)
Ce qui chez moi me sert de nez (*bis*).
        C'est un bel instrument!
De n'plus l'avoir, j'aurai l'cœur bien aise;
        C'est un bel instrument!
De n'plus l'avoir, je s'rai bien content.

J'ai un nez qui r'mue
Et se tourn' vers l'ministère ;
J'ai un nez qui r'mue,
Mais c'est l'Tonkin qui n'va plus.

Mon nez s'allonge tous les jours (*bis*)
Depuis qu'à la Chambr' j'fais des fours (*bis*).
Aussi, quel embêt'ment !
De n'plus l'avoir, j'aurai l'cœur bien aise ;
Aussi, quel embêt'ment !
De n'plus l'avoir, je s'rais bien content.

J'ai un nez qui r'mue,
Etc.

Mon nez est fait comme un tromblon (*bis*),
On dirait un gros potiron (*bis*).
C'est un' tromp' d'éléphant !
De n'plus l'avoir, j'aurai l'cœur bien aise ;
C'est un' tromp' d'éléphant !
De n'plus l'avoir, je s'rai bien content.

J'ai un nez qui r'mue,
Etc.

On n'peut pas dir' que j'sois pas nez (*bis*).
Car pour un nez, vraiment j'en ai (*bis*).
C'est bien un épat'ment !
D'être pas né, j'aurai l'cœur bien aise ;
C'est bien un épat'ment !
D'être pas né, je s'rai bien content.

J'ai un nez qui r'mue,
Etc.

LA

VÉRITÉ SUR L'AFFAIRE NUMA GILLY

(Air : *La Corde sensible.*)

NUMA GILLY.

Messieurs, je vais vous dire quelque chose,
Mais je vous le dis à la condition
Que sur tout ça vous rest'rez bouche close :
Là-d'ssus, mes amis, écoutez-moi donc.

CHŒUR DES DÉPUTÉS, *l'interrompant.*

(Air : *Mam'zelle, écoutez-moi donc!*)

M'sieu Gilly, écoutez-nous donc,
Quand découvrirez-vous le pot au rose ;

M'sieu Gilly, écoutez-nous donc,
Quand donc ferez-vous vos révélations?

NUMA GILLY.

Je vous l'avou', dans cette grave affaire,
En fait de pot, je n'vois que des pots-d'-vin,
A moins, la chos' serait encor plus claire,
Que ces pots-là ne soient qu'des pots d'lapin.

CHŒUR DES DÉPUTÉS.

(Air : *C'te petite femme-là.*)

C'est un lapin qu'il leur pos' là,
Oh ! la la !
C'est un lapin que c'brave Numa.

NUMA GILLY.

Dans tout cela je ne vis jamais goutte,
Tantôt je dis oui, tantôt je dis non;
Mêm', pour n'rien dir', je parle, coût' que coûte,
Et j'bafouill' comm' une grosse dondon.

CHŒUR DES DÉPUTÉS.

(Air : *La digue digue don.*)

La digue digue digue, la digue digue don,
Pour dir' tout cela, crénon !
La digue digue digue, la digue digue don.
Ce n'est vraiment pas la peine,
La briguedondaine.

MORALE.

On n'est pas malin dans l'Gard,
Cré pétard ! (*bis*)

UN DÉPUTÉ QUI DÉBUTE

DIALOGUE ENTRE UN DÉPUTÉ ET COQUELIN CADET

(AIR du *Bi du bout du banc.*)

LE DÉPUTÉ.

M'sieu Coqu'lin, un p'tit renseign'ment,
Sur le bi, sur le banc, sur le bi du bout du banc,
Je vous en s'rai très r'connaissant,
Sur le bi, sur le banc, sur le bi du bout du banc.

COQUELIN CADET

Mais, cher monsieur, parfaitement,
Sur le bi, sur le banc, sur le bi du bout du banc,
Asseyez-vous donc un moment
Sur le bi, sur le banc, sur le bi du bout du banc.

LE DÉPUTÉ.

Monsieur, je suis un débutant,
Sur le bi, sur le banc, sur le bi du bout du banc,
J'suis député d'puis un instant
Sur le bi, sur le banc, sur le bi du bout du banc.

COQUELIN CADET.

Je n'vois pas c'qu'il y a d'embêtant
Sur le bi, sur le banc, sur le bi du bout du banc,
A mettr' dans sa poch' de l'argent,
Sur le bi, sur le banc, sur le bi du bout du banc.

LE DÉPUTÉ.

Oui, mais j'voudrais savoir comment
Sur le bi, sur le banc, sur le bi du bout du banc,
A la Chambre on fait en parlant,
Sur le bi, sur le banc, sur le bi du bout du banc.

COQUELIN CADET.

C'n'est pas bien difficil' pourtant,
Sur le bi, sur le banc, sur le bi du bout du banc,

Dit's des bêtis's tout simplement,
Sur le bi, sur le banc, sur le bi du bout du banc.

LE DÉPUTÉ.

J'voudrais quelqu' chos' d'épatant,
Sur le bi, sur le banc, sur le bi du bout du banc,
Pour étonner tous les brav's gens,
Sur le bi, sur le banc, sur le bi du bout du banc.

COQUELIN CADET.

Soit ! vous montez d'abord lent'ment
Sur le bi, sur le banc, sur le bi du bout du banc,
A la tribune en vous mouchant
Sur le bi, sur le banc, sur le bi du bout du banc.

Puis vous ouvrez le bec tout grand,
Sur le bi, sur le banc, sur le bi du bout du banc,
Et vous poussez un mugiss'ment,
Sur le bi, sur le banc, sur le bi du bout du banc.

On f'ra du tapag' sûrement,
Sur le bi, sur le banc, sur le bi du bout du banc,
Alors d'parler vous f'rez semblant,
Sur le bi, sur le banc, sur le bi du bout du banc.

Puis vous boirez tranquillement
Sur le bi, sur le banc, sur le bi du bout du banc,

Un verr' d'eau sucrée pendant c'temps,
Sur le bi, sur le banc, sur le bi du bout du banc.

Enfin vous descendrez crân'ment
Sur le bi, sur le banc, sur le bi du bout du banc,
Au milieu des applaudiss'ments,
Sur le bi, sur le banc, sur le bi du bout du banc.

LE DÉPUTÉ.

Merci, j'en sais assez maint'nant
Sur le bi, sur le banc, sur le bi du bout du banc,
Pour êtr' chef du gouvernement,
Sur le bi, sur le banc, sur le bi du bout du banc.

TABLE

PARIS — IMPRIMERIE LABBE, RUE BLEUE, 7

PARIS — IMPRIMERIE LABBE, RUE BLEUE, 7

www.ingramcontent.com/pod-product-compliance
Ingram Content Group UK Ltd.
Pitfield, Milton Keynes, MK11 3LW, UK
UKHW021216230726
13926UKWH00003B/1049